大唐西域記卷第三同卷第四 孰三

唐三藏法師玄奘奉詔譯
大總持寺沙門辯機撰

八國

烏仗那國衰三　鉢露羅國
呾叉始羅國　僧訶補羅國
烏剌尸國　迦濕彌羅國
半笯奴故切蹉國　曷羅闍補羅國

烏仗那國周五千餘里山谷相屬川澤連原穀稼雖播地利不滋多蒲萄少甘蔗土產金

鐵宜鬱金香林樹蓊鬱華果茂盛寒暑和暢風雨順序人性怯懦俗情譎詭好學而不功禁呪爲藝業多衣白氎少有餘服語言雖異大同印度文字禮儀頗相參預崇重佛法敬信大乘來蘇婆伐窣堵河舊有一千四百伽藍多已荒蕪昔僧徒一萬八千今漸減少並學大乘寂定爲業善誦其文未究深義戒行清潔特閑禁呪律儀傳訓有五部焉一法密部二化地部三飲光部四說一切有部五大衆部天祠十有餘所異道雜居堅城四五其

王多治曹揭釐城城周十六七里居人殷盛曹揭釐城東四五里大窣堵波極多靈瑞是佛在昔作忍辱仙於此爲羯利王此言鬬諍舊云哥利訛也割截肢體

曹揭釐城東北行二百五六十里入大山至阿波邏羅龍泉即蘇婆伐窣堵河之源也派流西南春夏含凍昏夕飛雪雪霏五彩光流四照此龍者迦葉波佛時生在人趣名曰殑祇深閑呪術禁禦惡龍不令暴雨國人賴之以蓄餘糧居人衆庶感恩懷德家稅斗穀以

饋遺焉既積歲時或有逋課殑祇含怒顧爲毒龍暴行風雨損傷苗稼命終之後爲此池龍泉流白水損傷地利釋迦如來大悲御世愍此國人獨遭斯難降神至此欲化暴龍執金剛神杵擊山崖龍王震懼乃出歸依聞佛說法心淨信悟如來遂制勿損農稼龍曰凡有所食賴收人田今蒙聖教恐難濟給願十二歲一收糧儲如來含覆愍而許焉故今十二年一遭白水之災

阿波邏羅龍泉西南三十餘里水北岸大磐

石上有如來足所履迹隨人福力量有長短是如來伏此龍已留迹而去後人於上積石爲室遐邇相趨華香供養順流而下三十餘里至如來濯衣石袈裟之文煥焉如鏤

瞢揭釐城南四百餘里至醯羅山谷水西派逆流東上雜華異果被澗緣崖峯巖危險谿谷盤紆或聞諠語之聲或聞音樂之響方石如榻宛若工成連延相屬接布崖谷是如來在昔爲聞半頌舊曰偈梵文略也或曰偈陀伽梵音訛也今從正音宜云伽陀者此言頌頌三十二言之法於此捨身命焉

瞢揭釐城南二百餘里大山側至摩訶伐那（此言大林）伽藍是如來昔修菩薩行號薩縛達達王（此言一切施）避敵棄國潛行至此遇貧婆羅門方來乞匃既失國位無以爲施遂令羈縛擒往敵王冀以賞財迴爲惠施

摩訶伐那伽藍西北下山三四十里至摩愉（此言豆）伽藍有窣堵波高百餘尺其側大石上有如來足蹈之迹是佛昔蹈此石放拘胝光明照摩訶伐那伽藍爲諸人天說本生事其窣堵波基下有石色帶黃白常有津膩是

如來在昔修菩薩行爲聞正法於此析骨書寫經典
摩愉伽藍西六七十里至窣堵波無憂王之所建也是如來昔修菩薩行號尸毗迦王（此言與舊曰尸毗王略也）爲求佛果於此割身從鷹代鴿代

鴿西北二百餘里入珊尼羅闍川至薩裒殺地（此言蛇藥）僧伽藍有窣堵波高八十餘尺是如來昔爲帝釋時遭飢歲疾疫流行醫療無功道殣相屬帝釋悲愍思所救濟乃變其形爲大蟒身僵屍川谷空中徧告聞者感慶相率

奔赴隨割隨生療飢療疾其側不遠有蘇摩大窣堵波是如來昔爲帝釋時世疾疫愍諸含識自變其身爲蘇摩蛇凡有噉食莫不康豫珊尼羅闍川北石崖邊有窣堵波病者至求多蒙除瘥如來在昔爲孔雀王與其羣而至此熱渴所逼求水不獲孔雀王以觜啄崖涌泉流注今遂爲池飲沐愈疾石上猶有孔雀趾迹

曹揭釐城西南行六七十里大河東有窣堵波高六十餘尺上軍王之所建也昔如來之

将寂滅告諸大衆我涅槃後烏仗那國上軍王宜與舍利之分及諸王将欲均量上軍王後來遂有輕鄙之議是時天人大衆重宣如來顧命之言乃預同分持歸本國式遵崇建窣堵波側大河濱有大石狀如象昔上軍王以大白象負舍利歸至於此地象忽蹎仆因而自斃遂變爲石即於其側起窣堵波

曹揭釐城西五十餘里渡大河至盧醯呾迦此言赤窣堵波高五十餘尺無憂王之所建也

昔如來修菩薩行爲大國王號曰慈力於此

刺身血以飼五藥叉舊曰夜叉訛也

曹揭釐城東北三十餘里至遏部多此言奇特石窣堵波高四十餘尺在昔如來爲諸人天說法開導如來去後從地涌出黎庶崇敬香華不替

石窣堵波西渡大河三四十里至一精舍中有阿縛盧枳低濕伐羅菩薩像此言觀自在合字連聲梵語如上分文散音即阿縛盧枳多譯曰觀伊濕伐羅譯曰自在舊譯爲光世音或觀世音或觀世自在皆訛謬也威靈潛被神迹照明法侶相趨供養無替

觀自在菩薩像西北百四五十里至藍勃盧山山嶺有龍池周三十餘里淥波浩汗清流皎鏡昔毗盧釋迦王前伐諸釋四人拒軍者宗親擯逐各事分飛其一釋種既出國都跋涉疲弊中路而止時有一鴈飛趣其前既以馴狎因即乘焉其鴈飛翔下此池側釋種虛遊遠適異國迷不知路假寐樹陰池龍少女遊覽水濱忽見釋種恐不得當也變爲人形即而摩拊釋種驚寤因即謝曰羇旅羸人何見親附遂款慇懃陵逼野合女曰父母有訓

祇奉無違雖蒙惠顧未承高命釋種曰山谷杳冥爾家安在曰我此池之龍女也敬聞聖族流離逃難幸因遊覽敢慰勞弊命有燕私未聞來旨況乎積禍受此龍身人畜殊途非所聞也釋種曰一言見允宿心斯畢龍女曰敬聞命矣唯所去就釋種乃誓心曰凡我所有福德之力令此龍女舉體成人福力所感龍遂改形既得人身深自慶悦乃謝釋種曰我積殃運流轉惡趣幸蒙垂顧福力所加曠劫弊身一旦改變欲報此德糜軀未謝心願

陪遊事拘物議願白父母然後備禮龍女還池白父母曰今者遊覽忽逢釋種福力所感變我爲人情存好合敢陳事實龍王心欣人趣情重聖族遂從女請乃出池而謝釋種曰不遺非類降尊就卑願臨我室敢供灑掃釋種受龍王之請遂即其居於是龍宮之中親迎備禮燕爾樂會肆極歡娛釋種覩龍之形心常畏惡乃欲辭出龍王止曰幸無遠舍鄰此宅居當令據疆土稱大號總有臣庶祚延長世釋種謝曰此言非冀龍王以寶劒置篋

中妙好白氎而覆其上謂釋種曰幸持此氎以獻國王王必親受遠人之貢可於此時害其王也因據其國不亦善乎釋種受龍指誨便往行獻烏仗那王躬舉其氎釋種執其袂而刺之侍臣衛兵諠亂階陛釋種麾劒告曰我所仗劒神龍見授以誅後伏以斬不臣咸懼神武推尊大位於是沿弊立政表賢恤患已而動大衆備法駕即龍宮而報命迎龍女以還都龍女宿業未盡餘報猶在每至燕私首出九龍之頭釋種畏惡莫知圖計伺其寐

也利刃斷之龍女驚寤曰斯非後嗣之利非徒我命有少損傷而汝子孫當苦頭痛故此國族常有斯患雖不連綿時一發動釋種既没其子嗣位是爲嗢呾羅犀那王此言上軍上軍王嗣位之後其母喪明如來伏阿波邏羅龍還也從空下其宮中上軍王適從遊獵如來因爲其母略說法要遇聖聞法遂得復明如來問曰汝子我之族也今何所在母曰旦出畋遊今將返駕如來與諸大衆尋欲發引王母曰我惟福遇生育聖族如來悲愍又

親降臨我子方還顧少留待世尊曰斯人者我之族也可聞教而信悟非親誨以發心我其行矣還語之曰如來從此往拘尸城娑羅樹間當入涅槃宜取舍利自爲供養如來與諸大衆陵虛而去上軍王方遊獵遠見宮中光明赫奕疑有火災罷獵而返乃見其母復明慶而問曰我去幾何有斯祥感能令慈母復明如昔母曰汝出之後如來至此聞佛說法遂得復明如來從此至拘尸城娑羅樹間當入涅槃召汝速來分取舍利時王聞已悲

號頓蹶久而醒悟命駕馳赴至雙樹間佛已涅槃時諸國王輕其邊鄙寶重舍利不欲分與是時天人大衆重宣佛意諸王聞已遂先均授

曹揭釐城東北踰山越谷逆上信度河途路

危險山谷杳冥或履絙索或牽鐵鎖棧道虛臨飛梁危構椽棧躡蹬行千餘里至達麗羅川即烏仗那國舊都也多出黃金及鬱金香達麗羅川中大伽藍側有刻木慈氏菩薩像金色晃煜靈鑒潛通高百餘尺末田底迦舊曰

未田地記略也阿羅漢之所造也羅漢以神通力攜引匠人升覩史多天舊曰兜率陀又曰兜術陀訛也親觀妙相三返之後功乃畢焉自有此像法流東派

從此東行踰嶺越谷逆上信度河飛梁棧道履危涉險經五百餘里至鉢露羅國北印度境

鉢露羅國周四千餘里在大雪山間東西長南北狹多麥豆出金銀資金之利國用富饒時唯寒烈人性獷暴薄於仁義無聞禮節形貌麤弊衣服毛褐文字大同印度言語異於諸國伽藍數百所僧徒數千人學無專習戒

行多濫從此復還烏鐸迦漢荼城南渡信度
河河廣三四里西南流澄清皎鏡汩㴔漂流
毒龍惡獸窟穴其中若持貴寶奇華果種及
佛舍利渡者船多飄没渡河至呾叉始羅國

北印度境

呾叉始羅國周二千餘里國大都城周十餘
里酋豪力競王族絕嗣往者役屬迦畢試國
近又附庸迦濕彌羅國地稱沃壤稼穡殷盛
泉流多華果茂氣序和暢風俗輕勇崇敬三
寶伽藍雖多荒蕪已甚僧徒寡少並學大乘

大城西北七十餘里有醫羅鉢呾邏龍王池周百餘步其水澄清雜色蓮華同榮異彩此龍者即昔迦葉波佛時壞醫羅鉢呾邏樹苾芻也故今彼土請雨祈晴必與沙門共至池所彈指慰問隨願必果

龍池東南行三十餘里入兩山間有窣堵波無憂王之所建也高百餘尺是釋迦如來懸記當來慈氏世尊出興之時自然有四大寶藏即斯勝地當其一所聞諸先志曰或時地震諸山皆動周藏百步無所傾搖諸有愚夫

妄加發掘地爲震動人皆顛仆傍有伽藍圮
損已甚久絶僧徒城北十二三里有窣堵波
無憂王建也或至齋日時放光明神華天樂
頗有見聞聞諸先志曰近有婦人身嬰惡癩
竊至窣堵波責躬禮懺見其庭宇有諸糞穢

掬除灑掃塗香散華更採青蓮重布其地惡
疾除愈形貌增妍身出名香青蓮同馥斯勝
地也是如來在昔修菩薩行爲大國王號戰
達羅鉢剌婆此言月光志求菩提斷頭惠施若此
之捨凡歷千生

捨頭窣堵波側有僧伽藍庭宇荒涼僧徒減少昔經部拘摩羅邏多（此言童受）論師於此製述諸論城外東南南山之陰有窣堵波高百餘尺是無憂王太子拘浪拏爲繼母所誣抉目之處無憂王所建也盲人祈請多有復明此太子正后生也儀貌妍雅慈仁夙著正后終没繼室嬌婬縱其昏愚私逼太子太子瀝泣引責退身謝罪繼母見違彌增忿怒候王閑隙從容言曰夫呾叉始羅國之要領非親子弟其可寄乎今者太子仁孝著聞親賢之故

物議斯在王惑聞訛雅悅姦謀即命太子而誠之曰吾承餘緒垂統繼業唯恐失墜忝負先王咀又始羅國之襟帶吾今命爾作鎮彼國國事殷重人情詭雜無妄去就有虧基緒凡有召命驗吾齒印印在吾口其有謬乎於是太子銜命來鎮歲月雖淹繼室彌怒詐發制書紫泥封記候王眠睡竊齒爲印馳使而往賜以責書輔臣跪讀相顧失圖太子問曰何所悲乎曰大王有命書責太子抉去兩目逐棄山谷任其夫妻隨時生死雖有此命尚

未可依今宜重請面縛待罪太子曰父而賜
死其敢辭乎齒印為封誠無謬矣命旃荼羅
抉去其眼眼既失明乞丐自濟流離展轉至
父都城其妻告曰此是王城嗟乎飢寒良苦
昔為王子今作乞人願得聞知重伸先責於
是謀計入王內廄於夜後分泣對清風長嘯
悲吟箜篌鼓和王在高樓聞其雅唱辭甚怨
悲怪而問曰箜篌歌聲似是吾子今以何故
而來此乎即問內廄誰為歌嘯遂將盲人而
來對旨王見太子銜悲問曰誰害汝身遭此

禍疊愛子喪明猶不覺知凡百黎元如何究
察天乎天乎何德之衰太子悲泣謝而對曰
誠以不孝負責於天其年日月忽奉慈旨無
由致辭不敢逃責其王心知繼室爲不軌也
無所究察便加刑辟時菩提樹伽藍有瞿沙
（此言妙音）大阿羅漢者四辯無礙三明具足王將
盲子陳告其事唯願慈悲令得復明時彼羅
漢受王請已即於是日宣令國人吾於後日
欲說妙理人持一器來此聽法以承泣淚也
於是遠近相趨士女雲集是時阿羅漢說十

二因緣凡厥聞法莫不悲哽以所持器承其瀝泣說法旣已總收衆淚置之金盤而自誓曰凡吾所說諸佛至理理若不眞說有紕繆斯則已矣如其不爾願以衆淚洗彼盲眼眼得復明明視如昔發是語訖持淚洗眼眼遂復明王乃責彼輔臣詰諸僚佐或黜或放或遷或死諸豪世俗移居雪山東北沙磧之中從此東南越諸山谷行七百餘里至僧訶補羅國（北印度境）

僧訶補羅國周三千五六百里西臨信度河

國大都城周十四五里依山據嶺堅峻險固農務少功地利多獲氣序寒人性猛俗尚驍勇又多譎詐國無君長主位役屬迦濕彌羅國城南不遠有窣堵波無憂王之所建也莊飾有虧靈異相繼傍有伽藍空無僧侶

城東南四五十里至石窣堵波無憂王建也高二百餘尺池沼十數映帶左右彫石爲岸殊形異類激水清流汩淴漂注龍魚水族窟穴潛流四色蓮華彌漫清潭百果具繁同榮異色林沼交映誠可遊玩傍有伽藍久絕僧

侶窣堵波側不遠有白衣外道本師悟所求理初說法處今有封記傍建天祠其徒苦行晝夜精勤不遑寧息本師所說之法多竊佛經之義隨類設法擬則軌儀大者謂苾芻小者稱沙彌威儀律行頗同僧法唯留少髮加之露形或有所服白色爲異據斯流別稍用區分其天師像竊類如來衣服爲差相好無異從此復還呾叉始羅國北界渡信度河東南行二百餘里度大石門昔摩訶薩埵王子於此投身飼餓烏菟音徒其南百四五十步有

石窣堵波摩訶薩埵愍餓獸之無力也行至
此地乾竹自刺以血啖之於是乎獸乃啖焉
其中地土洎諸草木微帶絳色猶血染也人
履其地若負芒刺無云疑信莫不悲愴捨身
北有石窣堵波高二百餘尺無憂王之所建

也彫刻奇製時燭神光小窣堵波及諸石龕
動以百數周此塋域其有疾病旋繞多愈石
窣堵波東有伽藍僧徒百餘人並學大乘教
從此東行五十餘里至孤山中有伽藍僧徒
二百餘人並學大乘法教華果繁茂泉池澄

鏡傍有窣堵波高三百餘尺是如來在昔於此化惡藥叉令不食肉從此東南山行五百餘里至烏剌尸國北印度境

烏剌尸國周二千餘里山阜連接田疇隘狹國大都城周七八里無大君長役屬迦濕彌羅國宜稼穡少華果氣序溫和微有霜雪俗無禮義人性剛猛多行詭詐不信佛法大城西南四五里有窣堵波高二百餘尺無憂王所建也傍有伽藍僧徒寡少並皆習學大乘法教從此東南登山履險度鐵橋行千餘里

至迦濕彌羅國舊曰罽賓訛也北印度境迦濕彌羅國周七千餘里四境負山山極峭峻雖有門徑而復隘狹自古隣敵無能攻伐國大都城西臨大河南北十二三里東西四五里宜稼穡多華果出龍種馬及鬱金香火珠藥草氣序寒勁多雪少風服毛褐衣白氎土俗輕僄人性怯懦國爲龍護遂雄隣境容貌妍美情性詭詐好學多聞邪正兼信伽藍百餘所僧徒五千餘人有四窣堵波並無憂王建也各有如來舍利升餘國志曰國地本

執三 十六

龍池也昔佛世尊自烏仗那國降惡神已欲還中國乘空當此國上告阿難曰我涅槃之後有末田底迦阿羅漢當於此地建國安人弘揚佛法如來寂滅之後第五十年阿難弟子末田底迦羅漢者得六神通具八解脱聞佛懸記心自慶悦便來至此於大山嶺宴坐林中現大神變龍見深信請資所欲阿羅漢曰願於池内惠以容膝龍王於是縮水奉施羅漢神通廣身龍王縱力縮水池空水盡龍飜請地阿羅漢於此西北爲留一池周百餘

里自餘枝屬别居小池龍王曰池地總施願恒受供末田底迦曰我今不久無餘涅槃雖欲受請其可得乎龍王重請五百羅漢常受我供乃至法盡法盡之後還取此國以爲居池末田底迦從其所請時阿羅漢旣得其地運大神通力立五百伽藍於諸異國買鬻賤人以充役使以供僧衆末田底迦入寂滅後彼諸賤人自立君長隣境諸國鄙其賤種莫與交親謂之訖利多（此言買得）今時泉水已多流濫

摩揭陀國無憂王以如來涅槃之後第一百年命世君臨威被殊俗深信三寶愛育四生時有五百羅漢僧五百凡夫僧王所敬仰供養無差有凡夫僧摩訶提婆（此言大天）闍達多智幽求名實覃思作論理違聖教凡有聞知羣

從異議無憂王不識凡聖因情所好黨援所親召集僧徒赴殑伽河欲沉深流總從誅戮時諸羅漢既逼命難咸運神通陵虛履空來至此國山棲谷隱時無憂王聞而悔懼躬來謝過請還本國彼諸羅漢確不從命無憂王

爲羅漢建五百僧伽藍總以此國持施衆僧
健馱邏國迦膩色迦王以如來涅槃之後第
四百年應期撫運王風遠被殊俗内附機務
餘暇每習佛經日請一僧入宮說法而諸異
議部執不同王用深疑無以去惑時脇尊者
曰如來去世歲月逾邈弟子部執師資異論

各據聞見共爲矛盾時王聞已甚用感傷悲
歎良久謂尊者曰猥以餘福聿遵前緒去聖
雖遠猶爲有幸敢忘庸鄙紹隆法教隨其部
執具釋三藏脇尊者曰大王宿植善本多資

福祐留情佛法是所願也王乃宣令遠近召集聖哲於是四方輻湊萬里星馳英賢畢萃睿聖咸集七日之中四事供養旣欲法議恐其諠雜王乃具懷白諸僧曰證聖果者住具結縛者還如此尚衆又重宣令無學人住有學人還猶復繁多又更下令具三明備六通者住自餘各還然尚繁多又更下令其有内窮三藏外達五明者住自餘各還於是得四百九十九人王欲於本國苦其暑濕又欲就王舍城大迦葉波結集石室脇尊者等議曰

不可彼多外道異論糾紛酬對不暇何功作
論衆會之心屬意此國此國四周山固藥叉
守衛土地膏腴物産豐盛賢聖之所集住靈
仙之所遊止衆議斯在僉曰允諧其王是時
與諸羅漢自彼而至建立伽藍結集三藏欲
作毗婆沙論是時尊者世友戶外納衣諸阿

羅漢謂世友曰結使未除諍議乖謬爾宜遠
迹勿居此也世友曰諸賢於法無疑代佛施
化方集大義欲製正論我雖不敏粗達微言
三藏玄文五明至理頗亦沉研得其趣矣諸

羅漢曰言不可以若是汝宜屏居疾證無學己而會此時未晚也世友曰我顧無學其猶洟唾志求佛果不趨小徑擲此縷丸未墜于地必當證得無學聖果時諸羅漢重訶之曰增上慢人斯之謂也無學果者諸佛所讚宜可速證以決衆疑於是世友即擲縷丸空中諸天接縷丸而請曰方證佛果次補慈氏三界特尊四生攸賴如何於此欲證小果時諸羅漢見是事已謝咎推德請爲上座凡有疑議咸取決焉是五百賢聖先造十萬頌鄔波

第鑠論舊曰優波提舍論訛也釋素呾纜藏舊曰修多羅藏訛也次造十萬頌毗奈耶毗婆沙論釋毗奈耶藏舊曰毗那耶藏訛也後造十萬頌阿毗達磨毗婆沙論釋阿毗達磨藏或曰阿毗曇藏略也凡三十萬頌六百六十萬言備釋三藏懸諸千古莫不窮其枝

葉究其淺深大義重明微言再顯廣宣流布後進賴焉迦膩色迦王遂以赤銅爲鍱鏤寫論文石函緘封建窣堵波藏於其中命藥叉神周衛其國不令異學持此論出欲求習學就中受業於是功旣成畢還軍本都出此國

西門之外東西面而跪復以此國總施僧徒
迦膩色迦王既死之後訖利多種復自稱王
斥逐僧徒毀壞佛法覩貨邏國呬摩呾羅王
此言雪山下其先釋種也以如來涅槃之後第六
百年先有疆土嗣膺王業樹心佛地流情法
海聞訖利多毀滅佛法招集國中敢勇之士
得三千人詐爲商旅多齎寶貨挾隱軍器來
入此國此國之君特加賓禮商旅之中又更
選募得五百人猛烈多謀各抽利刃俱持重
寶躬齎所奉持以獻上時雪山下王去其帽

即其座訖利多王驚慴無措遂斬其首令羣下曰我是覩貨邏國雪山下王也怒此賤種公行虐政故於今者誅其有罪凡百衆庶非爾之辜然典國輔宰臣遷於異域既平此國召集僧徒式建伽藍安堵如故復於此國西門之外東面而跪持施衆僧其訖利多種屢以僧徒覆宗滅祀世積其怨疾惡佛法歲月既遠復自稱王故今此國不甚崇信外道天祠特留意焉

新城東南十餘里故城北大山陽有僧伽藍

僧徒三百餘人其窣堵波中有佛牙長可寸半其色黃白或至齋日時放光明昔訖利多種之滅佛法也僧徒解散各隨利居有一沙門遊諸印度觀禮聖迹伸其至誠後聞本國平定即事歸途遇諸群象橫行草澤奔馳震吼沙門見已升樹以避是時群象相趨奔赴競吸池水浸漬樹根互共排掘樹遂蹎仆既得沙門負載而行至大林中有病象瘡痛而卧引此僧手至所苦處乃枯竹所刺也沙門於是拔竹傅藥裂其裳裹其足別有大象持

金函授與病象象既得已轉授沙門沙門開函乃佛牙也諸象圍繞僧出無由明日齋時各持異果以爲中饌食已載僧去林數百里外方乃下之各跪拜而去沙門至國西界渡一駛河濟乎中流船將覆沒同舟之人互相謂曰今此船覆禍是沙門沙門必有如來舍利諸龍利之船主檢驗果得佛牙時沙門舉佛牙俯謂龍曰吾今寄汝不久來取遂不渡河迴船而去顧河歎曰吾無禁術龍畜所欺重往印度學禁龍法三歲之後復還本國至

河之濱方設壇場其龍於是捧佛牙函以授沙門沙門持歸於此伽藍而修供養

伽藍南十四五里有小伽藍中有觀自在菩薩立像其有斷食誓死爲期願見菩薩者即從像中出妙色身

小伽藍東南三十餘里至大山有故伽藍形製宏壯蕪漫良甚今唯一隅起小重閣僧徒三十餘人並學大乘法教昔僧伽跋陀羅（此言衆賢）論師於此製順正理論伽藍左右諸窣堵波大阿羅漢舍利並在野獸山猨採華供養

歲時無替如承指命然此山中多諸靈迹或石壁横分峯留馬迹凡厥此類其狀譎詭皆是羅漢沙彌群從遊戲手指麾畫乘馬往來遺迹若斯難以詳述

佛牙伽藍東十餘里北山崖間有小伽藍是昔索建地羅大論師於此作衆事分毗婆沙論小伽藍中有石窣堵波高五十餘尺是阿羅漢遺身舍利也先有羅漢形量偉大凡所飲食與象同等時人譏曰徒知飽食安識是非羅漢將入寂滅也告諸人曰吾今不久當

取無餘欲說自身所證妙法衆人聞之更相譏笑咸來集會共觀得失時阿羅漢告諸人曰吾今爲汝說本因緣此身之前報受象身在東印度居王內廏是時此國有一沙門遠遊印度尋訪聖教諸經典論時王持我施與沙門載負佛經而至於此是後不久尋即命終乘其載經福力所致遂得爲人復鍾餘慶早服染衣勤求出離不遑寧居得六神通斷三界欲然其所食餘習尚然每自節身三分食一雖有此說人猶未信即升虛空入火光

定身出煙焰而入寂滅餘骸墜下起窣堵波王城西北行二百餘里至商林伽藍布刺拏（此言圓滿）論師於此作釋毗婆沙論城西行百四五十里大河北接山南至大衆部伽藍僧徒百餘人昔佛地羅（此言覺取）論師於此作大衆部集眞論從此西南踰山涉險行七百餘里至半笯（奴故切）蹉國（北印度境）

孰三

二十四

半笯蹉國周二千餘里山川多疇壠狹穀稼時播華果繁茂多甘蔗無蒲萄菴没羅果烏談跋羅茂遮等果家植成林珍其味也氣序

温暑風俗勇烈裳服所製多衣氎布人性質直淳信三寶伽藍五所並多荒圮無大君長役屬迦濕彌羅國城北伽藍少有僧徒伽藍北有石窣堵波實多靈異從此東南行四百餘里至曷邏闍補羅國北印度境

曷邏闍補羅國周四千餘里國大都城周十餘里極險固多山阜川原隘狹地利不豐土宜氣序同半笯蹉國風俗猛烈人性驍勇國無君長役屬迦濕彌羅國伽藍十所僧徒寡少天祠一所外道甚多自濫波國至於此土

形貌麤弊情性獷暴語言庸鄙禮義輕薄非印度之正境乃邊裔之曲俗從此東南下山渡水行七百餘里至磔迦國（北印度境）

大唐西域記卷第三 訖三

大唐西域記卷第四

唐三藏法師玄奘奉詔譯

大總持寺沙門辯機撰

十五國

磔迦國　至那僕底國

印度之正境乃邊裔之曲俗從此東南下山

渡水行七百餘里至磔迦國北印度境

大唐西域記卷第三

大唐西域記卷第四

唐三藏法師玄奘奉詔譯

大總持寺沙門辯機撰

十五國

磔迦國　至那僕底國

闍爛達羅國　屈（居勿切）露多國

設多圖盧國　波理夜呾羅國

秣菟羅國　薩他泥濕代羅國

窣禄勤那國　秣底補羅國

婆羅吸摩補羅國　瞿毗霜那國

堊醯掣呾羅國　毗羅刪拏國

劫比他國

磔迦國周萬餘里東據毗播奢河西臨信度河國大都城周二十餘里宜粳稻多宿麥出金銀鍮石銅鐵時候暑熱土多風飆風俗暴

急言辭鄙褻衣服鮮白所謂憍奢耶衣朝霞衣等少信佛法多事天神伽藍十所天祠數百此國已往多有福舍以贍貧匱或施藥或施食口腹之資行旅無累

大城西南十四五里至奢羯羅故城垣堵雖壞基址尚固周二十餘里其中更築小城周六七里居人富饒即此國之故都也數百年前有王號摩醯邏矩羅（此言大族）都治此城王諸印度有才智性勇烈隣境諸國莫不臣伏機務餘閑欲習佛法令於僧中推一俊德時諸

僧徒莫敢應命少欲無爲不求聞達博學高明有懼威嚴是時王家舊僮染衣已久辭論清雅言談贍敏衆共推舉而以應命王曰我敬佛法遠訪名僧衆推此隸與我談論常謂僧中賢明肩比以今知之夫何敬哉於是宣令五印度國繼是佛法並皆毀滅僧徒斥逐無復孑遺

摩揭陀國婆羅阿迭多王（此言幻日）崇敬佛法愛育黎元以大族王淫刑虐政自守壇場不供職貢時大族王治兵將討幻日王知其聲問

告諸臣曰今聞寇至不忍鬬其兵也幸諸僚庶赦而不罪賜此微軀潛行草澤言畢出宮依縁山野國中感恩慕從者數萬餘人棲竄海島大族王以兵付弟浮海往伐幻日王守其阨險輕騎誘戰金鼓一震奇兵四起生擒大族反接引現大族王自愧失道以衣蒙面幻日王踞師子牀羣官周衛乃命侍臣告大族曰汝露其面吾欲有辭大族對曰臣主易位怨敵相視既非交好何用面談再三告示終不從命於是宣令數其罪曰三寶福田四

生攸賴茍任犲狼傾毀勝業福不祐汝見擒於我罪無可赦宜從刑辟時幻日王母博聞强識善達占相聞殺大族也疾告幻日王曰我嘗聞大族奇姿多智欲一見之幻日王命引大族至母宫中幻日母曰嗚呼大族幸勿耻也世世間無常榮辱更事吾猶汝母汝若吾子宜去蒙衣一言面對大族曰昔爲敵國之君今爲俘囚之虜隳廢王業亡滅宗祀上愧先靈下慙黎庶誠耻面目俯仰天地不能自喪故此蒙衣王母曰興廢隨時存亡有運以

心齊物則得喪俱忘以物齊心則毀譽更起
宜信業報與時推移去蒙對語或存軀命大
族謝曰苟以不才嗣膺王業刑政失道國祚
亡滅雖在縲紲之中尚貪旦夕之命敢承大
造面謝厚恩於是去蒙衣出其面王母曰子（訙三）（二十八）
其自愛當終爾壽已而告幻曰王曰先典有
訓宥過好生今大族王積惡雖久餘福未盡
若殺此人十二年中菜色相視然有中興之
氣終非大國之王當據北方有小國土幻日
王承慈母之命愍失國之君娉以稚女待以

殊禮總其遺兵更加衛從來出海島大族王弟還國自立大族失位藏竄山野北投迦濕彌羅國迦濕彌羅王深加禮命愍以失國封以土邑歲月既淹率其邑人矯殺迦濕彌羅王而自尊立乘其戰勝之威西討健馱邏國潛兵伏甲遂殺其王國族大臣誅鋤殄滅毀窣堵波廢僧伽藍凡一千六百所兵殺之外餘有九億人皆欲誅戮無遺噍類時諸輔佐咸進諫曰大王威懾強敵兵不交鋒誅其首惡黎庶何咎願以微躬代所應死王曰汝信

佛法崇重冥福擬成佛果廣説本生欲傳我惡於未來世乎汝宜復位勿有再辭於是以三億上族臨信度河岸殺之三億中族下沉信度河流殺之三億下族分賜兵士於是持其亡國之貨振旅而歸曾未改歲尋即殂落殂落之時雲霧冥晦大地震動暴風奮發時證果人愍而歎曰枉殺無辜毀滅佛法墮無間獄流傳未已

奢羯羅故城中有一伽藍僧徒百餘人並學小乘法世親菩薩昔於此中製勝義諦論其

側窣堵波高二百餘尺過去四佛於此說法

又有四佛經行遺迹之所

伽藍西北五六里有窣堵波高二百餘尺無憂王之所建也是過去四佛說法之處

新都城東北十餘里至石窣堵波高二百餘尺無憂王之所建也是如來往北方行化中路止處印度記曰窣堵波中有多舍利或有齋日時放光明從此東行五百餘里至那僕底國（北印度境）

至那僕底國周二千餘里國大都城周十四

五里稼穡滋茂果木稀踈編户安業國用豐贍氣序温暑風俗怯弱學綜眞俗信兼邪正伽藍十所天祠八所

昔迦膩色迦王之御宇也聲振隣國威被殊俗河西蕃維畏威送質迦膩色迦王既得質子賞遇隆厚三時易館四兵警衛此國則質子冬所居也故曰至那僕底此言漢封質子所居因爲國號此境已往洎諸印度土無梨桃質子所植因謂桃曰至那你此言漢持來梨曰至那羅闍弗呾邏此言漢王子故此國人深敬東土更

相指告語是我先王本國人也

大城東南行五百餘里至答秣蘇伐那僧伽藍（此言闇林）僧徒三百餘人學説一切有部衆儀肅穆德行清高小乘之學特爲博究賢劫千佛皆於此地集天人衆説深妙法釋迦如來涅槃之後第三百年中有迦多衍那（舊曰迦旃延訛也）論師者於此製發智論焉

闇林伽藍中有窣堵波高二百餘尺無憂王之所建也其側則有過去四佛座及經行遺迹之處小窣堵波諸大石室鱗次相望不詳

其數並是劫初已來諸果聖人於此寂滅差難備舉齒骨猶在繞山伽藍周二十里佛舍利窣堵波數百千所連隅接影從此東北行百四五十里至闍爛達羅國北印度境

闍爛達羅國東西千餘里南北八百餘里國大都城周十二三里宜穀稼多粳稻林樹扶疎華果茂盛氣序溫暑風俗剛烈容貌鄙陋家室富饒伽藍五十餘所僧徒二千餘人大小二乘專門習學天祠三所外道五百餘人並塗灰之侶也此國先王崇敬外道其後遇

羅漢聞法信悟故中印度王體其淳信五印度國三寶之事一以總監混彼此忘愛惡督察僧徒妙窮淑慝故道德著聞者竭誠敬仰戒行虧犯者深加責罰聖迹之所並皆旌建或窣堵波或僧伽藍印度境内無不周徧從此東北踰峻嶺越洞谷經危途涉嶮路行七百餘里至屈露多國北印度境

屈露多國周三千餘里山周四境國大都城周十四五里土地沃壤穀稼時播華果茂盛卉木滋榮旣隣雪山遂多珍藥出金銀赤銅

及火珠雨石氣序逾寒霜雪微降人貌麤弊旣獷且𢙢性剛猛尚氣勇伽藍二十餘所僧徒千餘人多學大乘少習諸部天祠十五異道雜居依巖據頽石室相距或羅漢所居或仙人所止國中有窣堵波無憂王之所建也

執三　三十二

在昔如來曾至此國說法度人遺迹斯記從此北路千八九百里道路危險踰山越谷至洛護羅國此北二千餘里經途艱阻寒風飛雪至秣羅娑國亦謂三波阿國自屈露多國南行七百餘里越大山濟大河至設多圖盧國北印度境

設多圖盧國周二千餘里西臨大河國大都城周十七八里穀稼殷盛果實繁茂多金銀出珠珍服用鮮素裳衣綺靡氣序暑熱風俗淳和人性善順上下有序敦信佛法誠心質敬王城内外伽藍十所庭宇荒涼僧徒尠少城東南三四里有窣堵波高二百餘尺無憂王之所建也傍有過去四佛座及經行遺迹之所復從此西南行八百餘里至波理夜呾羅國中印度境

波理夜呾羅國周三千餘里國大都城周十

四五里宜穀稼豐宿麥有異稻種六十日而收穫焉多牛羊少華果氣序暑熱風俗剛猛不尚學藝信奉外道王吠奢種也性勇烈多武略伽藍八所傾毀已甚僧徒寡少習學小乘天祠十餘所異道千餘人從此東行五百餘里至秣菟羅國（中印度境）

孰三

三十三

秣菟羅國周五千餘里國大都城周二十餘里土地膏腴稼穡是務菴没羅果家植成林雖同一名而有兩種小者生青熟黄大者始終青色出細班氎及黄金氣序暑熱風俗善

順好修冥福，崇德尚學。伽藍二十餘所，僧徒二千餘人，大小二乘兼攻習學。天祠五所，異道雜居。

有三窣堵波，並無憂王所建也。過去四佛遺迹甚多。釋迦如來諸聖弟子遺身窣堵波，謂舍利子（舊曰舍梨子，又曰舍利弗，訛略也）、没特伽羅子（舊曰目乾連，訛略也）、布刺拏梅呾麗衍尼弗呾羅（此言滿慈子，舊曰彌多羅尼子，訛略也）、優波釐、阿難陀、羅怙羅（舊曰羅睺羅，又曰羅雲，皆訛略也）、曼殊室利（此言妙吉祥，舊曰濡首，又曰文殊師利，或言曼殊尸利，譯曰妙德，訛也）諸菩薩窣堵波等。每歲三長及月

六齋僧徒相競率其同好齎持供具多營奇玩隨其所宗而致像設阿毗達磨衆供養舍利子習定之徒供養沒特伽羅子誦持經者供養滿慈子學毗柰耶衆供養優波釐諸苾芻尼供養阿難未受具戒者供養羅怙羅其學大乘者供養諸菩薩是日也諸窣堵波競修供養珠旛布列寶蓋駢羅香煙若雲華散如雨蔽虧日月震蕩谿谷國王大臣修善爲務城東行五六里至一山伽藍疏崖爲室因谷爲門尊者鄔波毱多此言近護之所建也其中

則有如來指爪窣堵波

伽藍北巖間有石室高二十餘尺廣三十餘尺四寸細籌塡積其内尊者近護說法化導夫妻俱證羅漢果者乃下一籌異室别族雖證不記石室東南二十四五里至大涸池傍有窣堵波在昔如來行經此處時有獮猴持蜜奉佛佛令水和普徧大衆獮猴喜躍墮坑而死乘玆福力得生人中

池北不遠大林中有過去四佛經行遺迹其側有舍利子没特伽羅子等千二百五十大

阿羅漢習定之處並建窣堵波以記遺迹如來在世屢遊此國說法之所並有封樹從此東北行五百餘里至薩他泥濕伐羅國（中印度境）

薩他泥濕伐羅國周七千餘里國大都城周二十餘里土地沃壤稼穡滋盛氣序溫暑風俗澆薄家室富饒競爲奢侈深閑幻術高尚異能多逐利少務農諸方奇貨多聚其國伽藍三所僧徒七百餘人並皆習學小乘法教天祠百餘所異道甚多

大城四周二百里內彼土之人謂為福地聞

諸先志曰昔五印度國二王分治境壤相侵干戈不息兩主合謀欲決兵戰以定雌雄以寧訳俗黎庶胥怨莫從君命王以爲衆庶者難與慮始也神可動物權可立功時有梵志素知高才密齋束帛命入後庭造作法書藏諸巖穴歲月既久樹皆合拱王於朝坐告諸臣曰吾以不德忝居大位天帝垂照夢賜靈書今在某山藏於某嶺於是下令營求得書山林之下羣官稱慶衆庶悅豫宣示遠近咸使聞知其大略曰夫生死無涯流轉無極含

靈淪溺莫由自濟我以奇謀令離諸苦今此王城周二百里古先帝世福利之地歲月極遠銘記湮滅生靈不悟遂沉苦海溺而不救夫何謂歟汝諸含識臨敵兵死得生人中多殺無辜受天福樂順孫孝子扶侍親老經遊此地獲福無窮功少福多如何失利一喪人身三塗冥漠是故含生各務修業於是人皆兵戰視死如歸王遂下令招募勇烈兩國合戰積屍如莽迄于今時遺骸遍野時既古昔人骸偉大國俗相傳謂之福地

城西北四五里有窣堵波高二百餘尺無憂王之所建也甎皆黃赤色甚光淨中有如來舍利一升光明時照神迹多端

城南行百餘里至俱昏去聲荼僧伽藍重閣連甍層臺閣峙僧徒清肅威儀閑雅從此東北行四百餘里至窣禄勤那國中印度境

窣禄勤那國周六千餘里東臨殑伽河北背大山閻牟那河中境而流國大都城周二十餘里東臨閻牟那河荒蕪雖甚基址尚固土地所產風氣所宜同薩他泥濕伐羅國人性

淳質宗信外道貴藝學尚福慧伽藍五所僧徒千餘人多學小乘少習餘部商摧微言清論玄奧異方俊彥尋論稽疑天祠百所異道甚多

大城東南閻牟那河西大伽藍東門外有窣堵波無憂王之所建也如來在昔曾於此處

說法度人其側又一窣堵波中有如來髮爪也舍利子沒特伽羅諸阿羅漢髮爪窣堵波周其左右數十餘所如來寂滅之後此國爲諸外道所詿誤焉信受邪法捐廢正見今有

五伽藍者乃異國論師與諸外道及婆羅門論義勝處因此建焉闍年那河東行八百餘里至殑伽河河源廣三四里東南流入海處廣十餘里水色滄浪波濤浩汗靈怪雖多不爲物害其味甘美細沙隨流彼俗書記謂之福水罪咎雖積沐浴便除輕命自沉生天受福死而投骸不墮惡趣揚波激流亡魂獲濟時執師子國提婆菩薩深達實相得諸法性愍諸愚夫來此導誘當是時也士女咸會少長畢萃於河之濱揚波激流提婆菩薩和光

汲引俯首反激狀異衆人有外道曰吾子何其異乎提婆菩薩曰吾父母親宗在執師子國恐苦飢渴冀斯遠濟諸外道曰吾子謬矣曾不再思妄行此事家國綿邈山川遼敻激揚此水給濟彼飢其猶却行以求前及非所聞也提婆菩薩曰幽途罪累尚蒙此水山川雖阻如何不濟時諸外道知難謝屈捨邪見受正法改過自新願奉教誨渡河東岸至秣

執三　三十八

底補羅國中印度境

秣底補羅國周六千餘里國大都城周二十

餘里宜穀麥多華果氣序和暢風俗淳質崇尚學藝深閑呪術信邪正者其徒相半王戍陀羅種也不信佛法敬事天神伽藍十餘所僧徒八百餘人多學小乘教説一切有部天祠五十餘所異道雜居

大城南四五里至小伽藍僧徒五十餘人昔瞿拏鉢剌婆（此言德光）論師於此作辯眞等論凡百餘部論師少而英傑長而弘敏博物强識碩學多聞本習大乘未窮玄奧因覽毗婆沙論退業而學小乘作數十部論破大乘綱紀

成小乘執著又製俗書數十餘部非斥先進所作典論覃思佛經十數不決研精雖久疑情未除時有提婆犀那（此言天軍）羅漢往來覩史多天德光願見慈氏決疑請益天軍以神通力接上天宮既見慈氏長揖不禮天軍謂曰慈氏菩薩次紹佛位何乃自高敢不致敬方欲受業如何不屈德光對曰尊者此言誠爲指誨然我具戒苾芻出家弟子慈氏菩薩受天福樂非出家之侶而欲作禮恐非所宜菩薩知其我慢心固非聞法器往來三返不得

決疑更請天軍重欲覲禮天軍惡其我慢懱而不對德光既不遂心便起恚恨即趣山林修發通定我慢未除不時證果

德光伽藍北三四里有大伽藍僧徒二百餘人並學小乘法教是衆賢論師壽終之處論師迦濕彌羅國人也聰敏博達幼傳雅譽特深研究說一切有部毗婆沙論時有世親菩薩一心玄道求解言外破毗婆沙師所執作阿毗達磨俱舍論辭義善巧理致清高衆賢循覽遂有心焉於是沉研鑽極十有二歲作

俱舍雹論二萬五千頌凡八十萬言矣所謂
言深致遠窮幽洞微告門人曰以我逸才持
我正論逐斥世親挫其鋒銳無令老叟獨擅
先名於是學徒四三俊彥持所作論推訪世
親世親是時在磔迦國奢羯羅城遠傳聲問
衆賢當至世親聞已即治行裝門人懷疑前 執三 四十
進諫曰大師德高先哲名擅當時遠邇學徒
莫不推謝今聞衆賢一何惶遽必有所下我
曹厚顏世親曰吾今遠遊非避此子顧此國
中無復鑒達衆賢後進也詭辯若流我衰耄

矣莫能持論欲以一言頹其異執引至中印度對諸髦彥察乎眞僞詳乎得失尋即命侶負笈遠遊衆賢論師常後一日至此伽藍忽覺氣衰於是裁書謝世親曰如來寂滅弟子部執傳其宗學各擅專門黨同道疾異部愚以寡昧猥承傳習覽所製阿毗達磨俱舍論破毗婆沙師大義輒不量力沉究彌年作爲此論扶正宗學智小謀大死其將至菩薩宣暢微言抑揚至理不毀所執得存遺文斯爲幸矣死何悔哉於是歷選門人有辭辯者而

告之曰吾誠後學輕陵先達命也如何當從
斯没汝持是書及所製論謝彼菩薩代我悔
過授辭適畢奄爾云亡門人奉書至世親所
而致辭曰我師衆賢已捨壽命遺言致書責
躬謝咎不墜其名非所敢望世親菩薩覽書

閱論沉吟久之謂門人曰衆賢論師聰敏後
進理雖不足辭乃有餘我今欲破衆賢之論
若指諸掌顧以垂終之託重其知難之辭苟
縁大義存其宿志况乎此論發明我宗遂爲
改題爲順正理論門人諫曰衆賢未没大師

遠迹既得其論又爲改題凡厥學徒何顏受愧世親菩薩欲除衆疑而說頌曰如師子王避豕遠逝二力勝負智者應知衆賢死已焚屍收骨於伽藍西北二百餘步菴沒羅林中起窣堵波今猶現在

菴沒羅林側有窣堵波毗末羅蜜多羅（此言無垢友）論師之遺身論師迦濕彌羅國人也於說一切有部而出家焉博綜衆經研究異論遊五印度國學三藏玄文名立業成將歸本國途次衆賢論師窣堵波也拊而歎曰惟論師

雅量清高抑揚大義方欲挫異部立本宗業
也如何降年不永我無垢友猥承末學異時
慕義曠代懷德世親雖没宗學尚傳我盡所
知當制諸論令瞻部洲諸學人等絶大乘稱
滅世親名斯爲不朽用盡宿心説是語已心
孰三 四十二
發狂亂五舌重出熱血流涌知命必終裁書
悔曰夫大乘教者佛法之中究竟説也名味
泯絶理致幽玄輕以愚昧駁斥先進業報皎
然滅身宜矣敢告學人厥鑒斯在各慎爾志
無得懷疑大地爲震命遂終焉當其死處地

陷爲坑同侶焚屍收骸旌建時有羅漢見而歎曰惜哉苦哉今此論師任情執見毀惡大乘墮無間獄

國西北境殑伽河東岸有摩裕羅城周二十餘里居人殷盛清流交帶出鍮石水精寶器去城不遠臨殑伽河有大天祠甚多靈異其中有池編石爲岸引殑伽水爲浦五印度人謂之殑伽河門生福滅罪之所常有遠方數百千人集此澡濯樂善諸王建立福舍備珍羞儲醫藥惠施鰥寡周給孤獨從此北行三

百餘里至婆羅吸摩補羅國北印度境

婆羅吸摩補羅國周四千餘里山周四境國大都城周二十餘里居人殷盛家室富饒土地沃壤稼穡時播出鍮石水精氣序微寒風俗剛猛少學藝多逐利人性獷烈邪正雜信伽藍五所僧徒寡少天祠十餘所異道雜居

此國境北大雪山中有蘇伐剌拏瞿呾羅國此言金氏出上黃金故以名焉東西長南北狹即東女國也世世以女爲王因以女爲國夫亦爲王不知政事丈夫唯征伐田種而已土宜宿

麥多畜羊馬氣候寒烈人性躁暴東接土蕃國北接于闐國西接三波訶國從末底補羅國東南行四百餘里至瞿毗霜那國（中印度境）

瞿毗霜那國周二千餘里國大都城周十四五里崇峻險固居人般盛華林池沼往往相間氣序土宜同末底補羅國風俗淳質勤學好福多信外道求現在樂伽藍二所僧衆百餘人並皆習學小乘法教天祠三十餘所異道雜居大城側故伽藍中有窣堵波無憂王之所建也高二百餘尺如來在昔於此一月

說諸法要傍有過去四佛座及經行遺迹之處其側則有如來髮爪二窣堵波各高一丈餘自此東南行四百餘里至堊醯掣呾邏國

中印度境

堊醯掣呾邏國周三千餘里國大都城周十七八里依據險固宜穀麥多林泉氣序和暢風俗淳質翫道篤學多才博識伽藍十餘所僧徒千餘人習學小乘正量部法天祠九所異道三百餘人事自在天塗灰之侶也城外龍池側有窣堵波無憂王之所建也是如來

在昔爲龍王七日於此說法其側有四小窣堵波是過去四佛座及經行遺迹之所自此南行二百六七十里渡殑伽河西南至毗羅刪拏國中印度境

毗羅刪拏國周二千餘里國大都城周十餘里氣序土宜同堊醯掣呾邏國風俗猛暴人知學藝崇信外道少敬佛法伽藍二所僧徒三百人並皆習學大乘法教天祠五所異道雜居大城中故伽藍內有窣堵波基雖傾圮尚百餘尺無憂王之所建也如來在昔於此

七日説蘊界處經之所其側則有過去四佛座及經行遺迹斯在從此東南行二百餘里至劫比他國（舊謂僧迦舍國中印度境）

劫比他國周二千餘里國大都城周二十餘里氣序土宜同毗羅删拏國風俗淳和人多學藝伽藍四所僧徒千餘人並學小乘正量部法天祠十所異道雜居同共遵事大自在天城東二十餘里有大伽藍經製輪奐工窮剞劂聖形尊像務極莊嚴僧徒數百人學正量部法數萬淨人宅居其側

伽藍大垣内有三寶階南北列東面下是如來自三十三天降還也昔如來起自勝林上昇天宮居善法堂爲母説法過三月已將欲下降天帝釋乃縱神力建立寶階中階黄金左水精右白銀如來起善法堂從諸天衆履中階而下大梵王執白拂履銀階而右侍天帝釋持寶蓋蹈水精階而左侍天衆陵虚散華讚德數百年前猶有階級逮至今時陷没已盡諸國君王悲慨不遇壘以甎石飾以珍寶於其故基擬昔寶階其高七十餘尺上起

精舍精舍中有石佛像而左右之階有釋梵之像形擬厥初猶寫下勢傍有石柱高七十餘尺無憂王所建也色紺光潤質堅密理上作師子蹲踞向階彫鏤奇形周其方面隨人罪福影現柱中

寶階側不遠有窣堵波是過去四佛座及經行遺迹之所其側窣堵波如來在昔於此澡浴其側精舍是如來入定之處

精舍側有大石基長五十步高七尺是如來經行之處足所履迹皆有蓮華之文基左右

各有小窣堵波帝釋梵王之所建也釋梵窣堵波前是蓮華色苾芻尼欲先見佛化作轉輪王處如來自在天宮還贍部洲也時蘇部底（此言善現舊曰須扶提或曰須菩提譯曰善吉也皆訛也）宴坐石室竊自思曰今佛還降人天導從如我今者何所冝行甞聞佛説知諸法空體諸法性是則以慧眼觀法身也時蓮華色苾芻尼欲初見佛化爲轉輪王七寶導從四兵警衛至世尊所復苾芻尼如來告曰汝非初見夫善現者觀諸法空是見法身聖迹垣內靈異相

繼其大窣堵波東南有一池龍恒護聖迹既有冥衛難以輕犯歲久自壞人莫能毀從此西北行減二百里至羯若鞠闍國此言曲女城國中印度境也

大唐西域記卷第四

音釋

第三卷

觜子委切鳥咮也　躃毗亦切仆也　絙居鄧切索也　椓竹角切　棧士諫切閣木爲道也　確苦角切堅也　腴羊朱切肥也　鍱與涉切銅鍱也　駛疎士切疾也

第四卷

礫側革切 秣莫佩切 莵同都切 堊烏各切 隳許規切毁也

縲絏縲力追切黑索也絏先結切繫也 夐翾正切遠也 覃徒含切深廣也

剞劂剞渠羈切劂居月切剞劂曲刀也